KB252054

그늘 속 얼룩무늬

그늘 속 열무김치

다인숲시선 08 / 강경환 시집

다인숲

아문 상처에 박힌 기억

사금처럼 반짝인다

긁히고 베인 자리마다

얼룩처럼 새겨진 무늬

시간을 닦아낼수록

윤슬처럼 번진다

제2부_ 내 안의 평형수

제3부_ 그래도 돼

제4부_ 네 창가를 건너간다

제 1 부 / 뿌리가 시작된 곳

작약

봉긋 열린 그곳에서 사나흘 머물고 싶다

꽃잎 속 텅 비어
혼자 울기 알맞은 방

곁 꽃잎 툭 떨어질 때
내 슬픔도 툴툴 턴다

꽃마리 꽃 풀리는 오후

잎 감싼 꽃마리처럼 엄지에 꽃이 폈다
진물이 빠진 자리 두터워진 굳은살
생각이 깊어질수록 만지는 날이 는다

오래 눌러 부푼 시간이 툭 하고 터진 자리
몇 날을 앓은 후 흔적만 남았다
얼마나 내버려둬야 서서히 부드러워질까

밤마다 아픈 생을 둥글게 말아 올린 듯
줄기마다 연초록 꽃, 망울망울 매단 당신
시간의 기억을 풀 듯 말린 마음 펴고 있다

사이프러스

검은 나는 떨리는 손끝에서 태어났다
새벽까지 깨어 있던 그날의 불안으로
당신은 별을 불러왔고 난 불처럼 솟았다

별빛 대신 고통으로 가득 찬 눈동자
어둠을 쓸어낸 자리 하늘을 덧칠했다
난 점점 십자가처럼 날카롭게 높아졌다

스스로 귀를 자르고 몸을 가둔 눈물의 방
당신과 이어주는 내 뿌리가 시작된 곳
밤마다 기도처럼 자라 바람결에 빛났다

당신이 마지막 별빛을 따라간 후
푸른 잎 숨처럼 돋던 줄기도 멎었다
손 뻗어 닿지 못할 그곳에
자른 귀는 있을까

제비꽃

며칠 뒤
진다기에
꽃대를 만진다

잔털이 돋은 잎마다
향기 한 줌 남아 있다

남몰래
눈맞춘 자리

오래오래
꽃 지겠다

텀블러

텀블러에 담은 온기는 오래갈 거라 믿었다
그리움도 담아두면 따뜻할 거라 여겼다
처음의 데일 듯한 열기 어디로 새 나갔을까

다 식어 향을 잃은 커피를 따른다
그대 텀블러 속 내 이름도 식었을까
그대를 놓지 못해서 쓴 시간을 삼킨다.

안경을 닦다

하늘을 봤을 뿐인데 눈앞이 흐리다
투명했던 이력에 쌓인 얼룩과 먼지들
몇 번의 입김을 불어 눈물을 닦는다

곧 사라질 숨으로 닦이는 별빛의 무게
흐려진 눈을 건디면 뿌연 날을 닦는다
닦아도 보이지 않는 실금같은 마음 한 조각

현수막

그럴듯한 말들도 시간 앞에 빛이 바랜다

눈길 한번 받기 위해 팽팽하게 당겨진 몸

가슴에 바람길 뚫려있다
맞서면 무너진다

고장 난 문고리

누군가 닫고 간 문 또 열리지 않는다
손잡이를 당길수록 손바닥만 붉어진다
밖에서 열어주기 전엔 꿈쩍도 않을 문

힘을 다해 살다 보면 하늘도 도울 법한데
내 마음의 경첩은 오래전부터 녹슬어 있다
눈물을 기름처럼 뿌려도 움직이지 않는다

클릭의 마을

이 마을의 문들은 현란하여 눈을 뺏는다
안에는 허브향과 웃음이 정말 있을까
궁금해 더 빛나는 문을 서둘러 두드린다

열린 집엔 끼워 넣은 복제된 전시품과
필터 덮인 진실의 벽엔 겹겹의 광고뿐
결국엔 신발 신은 채 등 돌린다 배웅도 없다

포인터Pointer

어디가 중요할까
언제쯤 넘길까

교차하는 많은 길 중
허락된 건 직진뿐

발길이 맴돌다 간 자리
한 사람은 떠올리겠지

국화 분재

가던 길 끊길 때 뿌리로 버틴다

잘리고 뒤틀려도
구불구불 숨을 쉰다

꿈처럼 꽃 피고 져도
그렁그렁 살만하더라

낙엽

현관문 열자마자 앞다투어 굴러든다

구석으로 달려가 웅크린 채 떨고 있다

세상의 모든 바람을 다 견딘 척 한다

자작나무 속으로

자작나무 숲 하늘에 노을이 번질 때
힘껏 달려 나무에 기대어 울고 싶다
저 빛이 몸에 스미면 찢긴 마음 아물 것 같다

내 상처를 데리고 그늘 깊이 걸어간다
겹겹이 선 나무들 속속들이 나를 닮았다
아무리 감추려 해도 눈에 띄는 상처들

그늘 속 얼룩무늬를 손끝으로 더듬는다
흰 몸의 검은 흉터, 아픔이 만져진다
붉은 빛 혹여 깃들면 어떤 무늬로 드러날까

손 뻗어도 닿지 않는 머나먼 푸른 별
바람에 잎 흔들리자 어깨가 따라 떨린다
가슴에 잎 지는 소리 언덕처럼 수북하다

각인

눌러 쓴 글자가 다음 장까지 찍혀 있다

심장이라도 뚫을 듯 깊어진 생각의 자국

한 자씩 박아놓은 시는 빛일까 상처일까

제2부 / 내 안의 평형수

평형수

물살에 휩쓸리지 않기 위해 물을 싣는다
누구도 볼 수 없는 배 밑바닥 깊숙이
먼 항해 가라앉지 않게 지탱해 줄 적당의 무게

흔들려도 가게 하는 보이지 않는 물
사랑 슬픔, 그리움, 혹은 후회 같은
세상은 늘 출렁이고 나는 자주 기운다

오늘을 살아가는 균형을 잡아 줄
당신이란 이름을 가슴에 채운다
기우는 나를 지탱하는 내 안의 평형수

전단지

노란털 코리안숏헤어 고양이를 찾습니다

수컷으로 나이는 두 살 이름은 치즈 헤어진 장소는 근린공원 사람을 잘 따르고 온순함 가장 큰 특징은 왼쪽 눈이 없음

만나면 눈을 맞추는 고양이를 제보 주세요

풀 내음

식물은 벌레에게 여린 몸이 뜯기면
새들을 부르는 신호를 만든다
비명은 향기가 된다
아플수록 더 진한

뿌리박혀 도망칠 수 없는 슬픈 몸
베어져 쌓인 풀, 눈물이 흩어진다
절박한 생의 순간이 이토록 향기롭다니

반쪽의 봄

신기한 듯 측은한 듯
한 번씩 보고 간다

반쪽이 시멘트로 채워진 흰 벚나무
뿌리로 끌어올린 물 가지마다 실어 나른다

딱딱하게 굳은 몸 틈새에 볕이 든다
저린 가지 끝에서 피어난 꽃망울

이 봄을 살아내고 있다
그늘도 찬란하게

덜컹

새로 놓은 탁자가 덜컹덜컹 흔들린다
눈으로는 알 수 없는 기울어진 생의 깊이
종잇장 두툼하게 접어 기운 쪽을 괴어본다

모로 누워도 편할 수 있으리라 믿었던 바닥
탁자 위에 엎지른 물
낮은 쪽으로 흐른다

첫 마음 덜컥 꺼지면
이 깊이는 뭘 괴야할까

라일락꽃 만발하던 보랏빛 봄날일까
향기 없이 붉게 떠난 노을 같은 그대일까

기우뚱,
쉬 잡히지 않아
덜컹대는 소리 잦다

개기월식

주목받아 빛나던 너를 보며 난 그늘졌다

지구의 그림자가 달을 지우는 이 밤

붉은빛
저 그늘 어딘가
내가 섞여
달을 지운다

반딧불이

몸에 불을 달고도 먼지 하나 태울 수 없다
떠돌다가 차가워진 손 데워줄 수 없는 몸
남에게 등대 같아도 눈앞은 어둡다

세상의 빛에 묻혀 사라질지 몰라도
네가 먼저 알아보도록 힘을 다해 날아간다
차갑게 빛나는 생이 하나같이 뜨겁다

백목련

바람이 급히 뛰다 미끄러진 산비탈
때가 되면 꼭 해야 할 일 하나 있다는 듯
백목련 한쪽 어깨로 봄을 힘껏 들고 있다

주춤대는 칡넝쿨이 위태로워 보였을까
더듬던 손길에 제 몸 일부 내주었다
기울 걸 뻔히 알면서 어떤 맘으로 받아줬을까

일 년에 열흘쯤은 피워야 할 꽃들이 있다
함께 살자 매달린 손, 놓지 못해 기우는 몸
힘 다해 견뎌내는 반쪽, 가슴까지 꽃이 핀다

과속

얼마나 달린 걸까
범칙금이 날아왔다

달린 만큼
지금보다 젊은 나를 만났을까

병꽃이 두근두근 피는 봄
그 향까지 따라갔을까

보름달

못다한 말 넘칠 듯 그렁그렁 물이 찼다

울어도 돼,
등 쓸어줄 손이라도 없을까

밤하늘 너를 찾아 떠돌다
눈물에 숨이 막힌다

단춧구멍

원피스의 단추가 자꾸만 풀린다
얼마나 비틀어 채우고 열었을까
장소를 가리지 않고 풀리는 뜻 모를 암호

팍팍한 가슴을 따뜻하게 채우는 동안
서둘러 놓아버린 손들은 몇이나 될까
낡아서 헐거워진 마음이
예고 없이 너를 푼다

폭우

바닥에 있던 차선이 물밑으로 다시 잠겼다
넓은 길은 물에 잠겨 발걸음만 허락된 곳
길에서 발밑을 더듬어 더디게 건넌다

어디가 길이고 어디가 허방인가
물살을 가를수록 두려움에 젖는다
물 끝에 서린 이파리 철망에 걸려 있다

봄날

"간 적 없는 하늘길 잘 찾아가고 있을까?"
두고 온 그녀 생각에 자꾸만 목을 탄다
차 안의 유리 같은 고요
누가 먼저 깨뜨릴까

닿지 못한 손끝으로 가슴을 쓸어본다
사막을 달린 듯 침묵을 적신다
넘기던 한 모금의 물
눈물처럼 떨어진다

꽃구경 가자던 너는 없고 꽃만 핀 길
긴 터널, 환한 어둠을 눈 붉히며 지날 때
누군가 입을 열었다
"봄날에 꽃이 진다"

제3부 / 그래도 돼

쉼표

박자를 놓치고 달려온 나날들
산책길에 마주친 제비꽃 속삭인다

괜찮아
여기에 앉아
한 숨 자
그래도 돼

고요한 상처

깃털마저 오래 들면 바위처럼 무겁다
오래 앓아 앙상해진 몸 햇살마저 버거운지
올려도 들리지 않는 발, 발뒤꿈치가 짓눌린다

맨발로 걷던 바닷가, 밟히던 발의 기억
무뎌진 감각 너머에 살아서 생생하다
살갗이 깊은 샘을 파듯 어둑어둑 내려앉는다

가끔 잊고 살아도 좋을 흉터 남길까
돌아눕지 못한 삶이 눈가를 훔쳐낸다
썩어도 잘 모르는 몸, 아픈지 몰라 더 아프다

시큰한 여름

    부모에게 동요 한번 불러준 적 없고 서른이 돼도 라면 하나 제 손으로 못 끓이는 제 기분 좋아야 웃고 싫으면 찡찡대는

    다 큰 아들의 손목을 꼭 잡고 그녀가 간다
    제 침으로 축축해진 손수건 쥔 채 웃던 아들

    엄마의 땀을 닦아준다
    여름이 젖는다

썩은 감자의 눈

된장국 끓이려고 산 감자들 사이에
호미에 찍힌 자리, 썩어 있는 알감자

유난히 상처 난 몸은 왜 쉽사리 짓무를까

거뭇해진 눈으로 몇 날을 글썽였을까
마음 한편 놔버린 듯 물컹, 주저앉는다

빙돌려 도려낸 마음
흰 진물 배어 나온다

어떤 습관

불안이 닥칠 때면 손끝을 뜯는다
살이 벗겨져 피가 나도 멈추지 못한다
뭉툭한 열 손가락을 번갈아 물어뜯는다

깨진 돌처럼 이리저리 마구 차일 것 같아
숨통을 뚫은 듯 피를 보고야 마는 버릇

오늘도 밴드를 감는다
몇 날을 욱신거리겠다

파리지옥

물로는 가시지 않는 갈증이 내겐 있어요
내 손은 푸른 이파리 내 입은 붉은 꽃
향기로 길 열어둘게요 날개 접고 오세요

향에 취해 오는 그대 손깍지 껴 안아 줄게요
당신의 첫 날갯짓도 지금처럼 떨렸겠죠
내 안에 뜨겁게 스며드는 그대가 참 달군요

귀가 운다

누굴까 이 저녁 내 이야기 하는 사람
두 귀가 찜찜한 듯 자꾸만 근질거린다
씁쓸한 소리의 찌꺼기 귓속을 후빈다

서슴없이 심장을 후벼 파던 말들은
흩뿌려진 핀처럼 여기저기 박혀서
손끝에 피를 묻힌다
너무 오래 담아둔 걸까

무엇을 파낸 걸까
기억일까, 그리움일까
마지막 날 끝까지 혼자 깨어 들을 귀
슬픔이 가득 고이면 소리 내어 운다

흉터

내 사랑 부글부글 끓었던 적 있었지

누구도 함부로 손대지 못했지

식은 후
펄펄 끓던 기억이

흉터처럼 남았지

외톨이가 되다

어항 속 노란 몰리* 유리벽 따라 떠돈다
아무리 도망쳐도 피할 수 없는 눈길들

나란히 함께 헤엄쳐 줄
제 편 하나 없는 저 몸

텃세의 이빨이 비늘을 뜯고 간다
낯설면 곁 주지 않고 달려드는 입질에

물풀 속, 숨을 곳 찾는
저 몸 따라 나도 숨는다

*열대송사리목의 열대어

통풍

내딛는 길 어디에 못들이 숨어있을까
발가락이 찔린 듯 벌겋게 부어온다
메고 온 삶의 무게를 감당하지 못한 다리

무너진 듯 주저앉아 발가락을 만진다
스친 바람 그 어디에 허기가 있을까
아린 듯 벌게진 눈들이 꿈속까지 따라온다

나방

어느 틈에 차 안으로 들어온 그림자
목덜미를 만지자 검은 나방이 날았다
사지가 돌처럼 굳고 비명이 터졌다

모든 창을 열어도 앞 유리만 부딪히는 너
보여도 뚫을 수 없는 투명한 벽 앞에
날갯짓 잠시 멈춘다 길을 찾듯 길을 묻듯

엉덩이 기억상실증*

걷고 뛰던 기억이 신기루처럼 사라졌다
잎을 만져 오지 않는 우기를 읽는다
물기를 끌어올리 삶
시들해지는 질문들

탱탱하던 날들이 힘을 잃어 처진다
날마다 앉아서 그려보는 생의 지도
한때는 붉게 눈을 뜨는
새벽이 있었다

*대개 오래 앉아있으면서 운동량이 많지 않은 사람들에게서 발병이 되는
 질병

반려 로봇

값 비싼 반려 로봇 한 마리 어떠세요?

몽실몽실 부드러워 자꾸만 만지게 되는 손만 닿아도 뒹굴며 애교가 장난이 아닌 가식 없이 골골대며 콧소리 내는 귀가하면 프로펠러보다 빠르게 꼬리 흔드는 친구처럼 자식처럼 말귀도 밝아서 부르면 쪼르르 먹이도 산책도 목욕도 필요 없는 언제든 어디든 동행도 가능한 충전으로 멎은 심장도 다시 뛰는

툭하면 외로움 타는 당신, 한정판매 합니다

제4부 / 네 창가를 건너간다

그믐달

올 때마다 먼발치서 너를 보고 그냥 갔다

머뭇대는 내 발걸음 넌 바라본 적 있을까

견디다 휘어진 마음 네 창을 건너간다

그림자

해질녘, 대로변
돌에 걸려 넘어졌다

길어진 그림자가 발을 잡는 것 같았다

무릎은 피를 흘렸지만
안 아픈 척 괜찮은 척

끙끙 앓다 잠든 잠
그림자가 속삭였다

난 앞서 걷지 않아
넘어지면 함께 넘어져

난 네가 일어섰을 때도 여전히 바닥이었어

세신

바싹 마른 두 손이 내 몸을 빠르게 민다
겹겹이 가리고도 부끄럼 많은 나를
오래돼 찌든 기억마저 씻어줄 듯 힘을 준다

먼지 속을 뒹굴어야 때가 끼는 건 아니다
내 밖에서 묻혀온
내 안에서 밀어낸
때時의 때, 다 안다는 듯 구석구석 닦아낸다

지나간 순간이 아프게 남는다면
반질반질 빛나는 날은 며칠이나 지속될까
제대로 불리지 않은 걸까 한 자리가 쓰리다

고해실에서

똑같은 잘못을 저지르고 또 저지른다
울음 뒤에 붉게 번진 묵은 죄를 감춘다
그 밖에 알지 못한 죄 뒤에
꼬리까지 숨겨둔다

용서 못할 얼굴을 차곡차곡 쌓아두고
마음의 가위로 이름들을 잘라낸다
내 잘못 고하는 눈물조차
나의 죄를 닮아간다

흙에 물들고 맙니다

색색의 염료 통에 안개꽃이 담겨 있다

목마름이 클수록 속살까지 물이 들어

하얗던 기억을 지워가며 붉으락푸르락 변해간다

땅속에서 물 올릴 땐
왜 흙빛이 들지 않을까

마를 때까지 뿌리에는 맑은 물만 보내는 흙

제 색은 어디에도 강요 않는
흐름도 가두지 않는

흘겨 쓴 문장

'

어릴 적 귀에 박힌 말
"바른 손으로 써야 한다"

난 여전히 왼손잡이 지之자로 글을 쓴다

왼손이 흘겨 쓴 모든 시
오른쪽을 향해간다

커피 분쇄기

오래 써 고장난 분쇄기를 해체한다
재활용될 시간과 쓸모없는 조각들
그 틈에 흩어진 향기가 가루처럼 남아있다

뻑뻑한 손잡이를 시시때때 돌리며
갈리지 않는 버거운 기억을 함께 갈았다
조였던 나사를 풀자 찌꺼기로 쏟아지는 나

돌돌이

하루에도 몇 번씩 바닥을 굴린다

티끌처럼 붙는 후회
잊는 법을 아직 몰라

지우듯 뜯어낸 인연
다시 붙는 생각들

손님 오는 날
– 요양등급

답답하고 좀이 쑤셔 바람 좀 쐬고 있소

며느리가 요 며칠 누가 온다고 난리요 짜글짜글한 이 노인네 뭐 볼게 있는지 그 사람이 뭘 물어도 고개만 저으라니 오늘이 며칠인지 물어도 모른다 먼저 간 영감의 제사도 모른다 자식 이름도 생일도 기억이 안 난다 깜박깜박해도 기억 하난 아직 쓸만한데…… 거기다 다리를 올리라 해도 들지 말라니 무릎에서 맷돌 가는 소리가 종종 나지만 푸성거리 저것들 물 정도는 줄 수 있고 먹은 만큼 내 발로 뒷간까진 갈 수 있는데 어디서 얻어왔는지 신식 요강도 방에 놓고 산 송장 마냥 천장만 보고 있으라니 환장 하것소 그래도 애들이 해야 한다니 별수 없지만 속에서 천불이 나 견딜 수 있어야지 이렇게 있다가 며느리 알면 머시기 하니 좀 앉았다 전화 오기 전에 들어갈라요

뉘신데 푸념도 들어주고 영 고맙소 잘 가시오

목어

네 몸의 나이테는 물결처럼 둥글었지
얼마나 맞아야 삶의 무게 알게 될까
소리로 무늬를 지우는 몸
눈꺼풀 좀 얹어주지

백일홍 너머로 노을 길게 기울 때
기억 없는 심장이라도 다시 심어줄까
비워진 속 두드려도 눈 한번 끔쩍 않는다

갈비뼈

남편 얼굴에 검버섯처럼 간장이 묻어있다

손끝에 침을 묻혀 아내가 닦아낸다

남편이 "더럽게 침으로"
마른 세수 연신 한다

식탁 위, 아내가 뜯다 버린 갈비뼈 하나

남편이 다시 들어 남은 살점 뜯는다

입김이 곳곳 스민 살을
맛있게 발라 먹는다

밤을 탄다

입술이 닿던 자리에 얼굴이 남아 있다
거품 내며 문질러도 지워지지 않는 그림자
사람도 마음에 스미면 이토록 물드는가

하얀 잔에 새겨진 꽃잎 같은 잔주름
둥근 테 매만지다 뱉었던 말 떠올린다
흐려진 쉰 목소리가 잔 가득 출렁인다.

꺼진 길

한쪽 발 푹 꺼지며 갈비뼈에 금이 갔다
몇 주먹 흙이면 메워질 구멍 하나

한 생을 주저앉히는
구멍은 깊지 않다

단단한 생각들

그렇게 치웠는데 집안 일은 티가 안 날까

어제 것
오늘 것
쓸어도
닦아도

생각이 돌가루되어 차곡차곡 쌓인다

운주사에서

천 년을 듣다 보면 큰 귀도 닳는다

귀 없이도 잘 들리냐고
물어보는 이 없는 천 년

소원이 차고 넘쳐서 이끼로 자란다

해설

차가운 숨, 따뜻한 상처

이송희 | 시인

1.

삶은 언제나 결핍과 균열의 한가운데서 시작된다. 어떤 상처는 말을 걸어오고, 어떤 고통은 침묵 속에서 자란다. 타인의 시선 속에서 자신을 잃어버리거나, 일상의 무게에 지쳐 자신을 잠가버리는 순간들이 우리 모두에게 있다. 강경화의 시집 『그늘 속 얼룩무늬』는 그런 순간들을 비껴가지 않는다. 오히려 정면으로 응시하며 말하지 못했던 감정의 조각들을 조용히, 그러나 분명히 꺼내어 놓는다. 시의 말들은 우리를 위로하거나 설득하려 하지 않는다. 그 대신 자신에게 묻고, 또 자신을 통과하며 천천히 치유의 방향을 찾아갈 뿐이다. 강경화의 시편 속의 주체들은 외로움에 파묻히되 자신을 파괴하지 않고, 상처를 직면하되 그것에 함몰되지 않는다. 사회적 소외나 정서적 결핍 속에서도 고통을 해석하고 받아들이는 방식은 자기연민이 아니라 '성찰'이다. 이는 정신분석학자 도널드 위니컷D.W. Winnicott이 말한 '충분히 좋은 환경'을 스스로 구축해 가는 태도와도 닮았다. 아무리 적대적인 현실 앞에서도 자기를 무너지지 않게 지탱하려는 끈질긴 내면의 힘이, 이 시집 곳곳에서 조용한 형태로 빛난다.

"붉은빛/저 그늘 어딘가/내가 섞여/달을 지운다"(「개기월식」)는 고백처럼, 시적 화자는 타인의 빛 앞에서 자꾸만 그늘에 위치하게 되는 자기 인식을 감추지 않는다. 그러나 그 어둠 속으로 스며드는 존재는, 단지 소외된 자가 아니다. 마치 '그늘 속 얼룩무늬'처럼, 그 상처와 흔적들을 자신의 일부로 품고 그 안에서 자아를 재구성하는 존재이다. 자신을 '섞여 들어간 존재'로 자각하는 순간, 그는 단순한 피해자가 아닌 '관찰자이자 해석자'가 된다. 고통의 정체를 인식하는 이 조용한 지점이야말로, 이 시집이 말하고자 하는 진정한 회복의 출발점이다. 이 시집은 상처의 흔적을 덮지 않는다. 오히려 그것을 품은 채 살아가는 존재의 방식에 대해 묻는다. "손끝에 피를 묻힌다/너무 오래 담아둔 걸까"(「귀가 운다」)와 같은 날것의 고백은, 감정을 숨기지 않고 밖으로 꺼내는 용기이자 자기 존재를 증명하는 방식이다. 강경화의 시편들은 마치 각기 다른 균열에서 피어난 꽃처럼, 고통의 서사 너머를 지향한다. 상처는 여전히 남아 있으나, 이제는 그것을

'안고 나아가는 존재'로 성숙해 가는 길. 그 길 위에서 '그늘 속 얼룩무늬'의 말들은 조용히, 그러나 단단히 우리와 함께 걷는다.

2.

시인은 냉혹한 현실 속에서 상처 깊은 내면을 응시하며, 타인과의 관계에서 비롯된 고립과 자기방어의 심리를 섬세하게 그려낸다. '어항'이나 '파리지옥'처럼 치열하고 냉혹한 현실에 갇힌 자아의 의미를 탐색하며, 그 속에서 자신을 지키고자 하는 내면의 갈등과 상처가 시선 깊이 자리 잡는다.

어항 속 노란 몰리 유리벽 따라 떠돈다
아무리 도망쳐도 피할 수 없는 눈길들

나란히 함께 헤엄쳐 줄
제 편 하나 없는 저 몸

텃세의 이빨이 비늘을 뜯고 간다
낯설면 곁 주지 않고 달려드는 입질에

물풀 속, 숨을 곳 찾는
저 몸 따라 나도 숨는다

_「외톨이가 되다」 전문

시인은 어항 속 '노란 몰리'라는 작은 열대어를 통해, 인간 사회의 배타성과 감시의 시선이 투사되는 과정을 이야기한다. 어항은 사방이 투명하여 낯선 시선을 피할 수 없고, 몰리는 그런 시선 속에서 외톨이가 되어간다. 하지만 이 고립은 단순히 타인에게 소외당한 결과가 아니라, 타인에게 상처받은 존재가 스스로 관계 맺기를 포기 혹은 거부하는 복합적 감정의 소산이다. 시에서 몰리는 새로운 개체를 받아들이지 못하는 텃세에게 공격을 당한다. 이는 낯선 존재를 받아들일 여유가 없을 만큼 몰리가 이미 상처 입고 불안정한 상태임을 드러낸다. 그러므로 시인은 이 외로움이 단순한 피해자의 입장이 아닌, 누군가에게 곁을 내어줄 수 없는 존재의 고단한 내면에서 비롯된 것임을 강조한다.

또한 이 시는 인간 사회의 감시와 통제의 구조에 대한 날카로운 비판을 담고 있다. 몰리가 갇혀 있는 어항은 단순한 공간이 아니라, 감시의 장치이자 타인의 시선이 끊임없이 작동하는 사회의 축소판이라고 할 수 있다. 어항 밖의 '눈길들'은 관찰이라는 이름의 통제이고, 존재를 있는 그대로 받아늘이지 못하는 억압적 시선을 상징한다. 몰리는 인간의 즐거움을 위해 갇힌 존재이며, 자신이 낯설고 불편한 존재가 되어가는 것을 감지한다. 결국 몰리는 도망치듯 숨을 곳을 찾고, 그 뒤를 따르는 시적 화자 역시 몰리에게 감정이입하며 함께 숨는다. 시는 타인의 시선과 인정받지 못하는 존재의 불편함, 그리고 관계 맺기의 두려움 속에서 오히려 '외톨이'가 되는 것이 더 안전하다고 느끼는 오늘의 감성을 고요하게 드러낸다. 이 시는 '사람들은 사랑이 없다'는 필자의 고백으로 요약될 수 있는, 근본적인 관계 부재의 시대 진단이기도 하다.

> 물로는 가시지 않는 갈증이 내겐 있어요
> 내 손은 푸른 이파리 내 입은 붉은 꽃
> 향기로 길 열어둘게요 날개 접고 오세요
>
> 향에 취해 오는 그대 손깍지 껴 안아줄게요
> 당신의 첫 날갯짓도 지금처럼 떨렸겠죠
> 내 안에 뜨겁게 스며드는 그대가 참 달군요
>
> _「파리지옥」 전문

파리지옥을 통해 시인은 매혹과 유혹, 그 이면에 도사린 본능적 위험을 형상화한다. 파리지옥은 곤충을 유혹해 포획하는 식충식물로, 자연의 생존 논리가 응축된 생명체다. 시인은 이를 단순한 식물의 생태로 그리지 않고, "내 손은 푸른 이파리, 내 입은 붉은 꽃"이라는 관능적 이미지로 의인화하며 유혹의 주체로

변형시킨다. "물로는 가시지 않는 갈증"은 육체적 생존 이상의 정서적, 본능적 갈망을 암시하고, "향기로 길 열어둘게요"라는 부드러운 초대는 사실상 포획의 전조다. 아름다움과 따뜻함, 친밀한 몸짓은 결국 "날개 접고 오세요"라는 명령에 이르며, 스스로 다가온 상대를 안아주는 듯하면서도 실은 삼켜버리는 장면이 펼쳐진다. 이처럼 이 시는 유혹의 언어가 얼마나 정교하고 치명적인지, 유혹에 이끌리는 존재가 얼마나 자연스럽게 파멸을 향해 다가가는지를 보여준다.

시적 공간의 중심에 놓인 파리지옥은 단순한 함정이 아니라, 유혹과 갈망의 상징이자 생존을 위한 필연적 폭력의 은유다. "향에 취해 오는 그대", "당신의 첫 날갯짓도 지금처럼 떨렸겠죠"와 같은 문장은 상대의 순진한 설렘과 욕망을 읽어내는 말처럼 들리지만, 결국 "내 안에 뜨겁게 스며드는 그대가 참 달군요"라는 종장으로 이어지면서 상대를 흡수하고 소화하는 파괴적 친밀함으로 귀결된다. 이는 사랑 혹은 관계라는 것이 얼마나 아름다우면서도, 동시에 일방의 소멸을 동반할 수 있는지에 대한 메타포로도 읽힌다. 이 시는 유혹과 파멸이 공존하는 자연의 냉혹한 실서를 느러내며, 우리의 삶 역시 이러한 '달콤한 위험' 속에서 끊임없이 선택하고 흔들린다는 사실을 환기한다. 시인은 '파리지옥'을 통해 욕망과 위험이 교차하는 지점에

서 탄생하는 긴장과 역설을 섬세하게 붙잡아 내고 있
다.

> 된장국 끓이려고 산 감자들 사이에
> 호미에 찍힌 자리, 썩어 있는 알감자
>
> 유난히 상처 난 몸들은 왜 쉽사리 짓무를까
>
> 거뭇해진 눈으로 몇 날을 글썽였을까
> 마음 한편 놔버린 듯 물컹, 주저앉는다
>
> 빙 돌려 도려낸 마음
> 흰 진물 배어 나온다
>
> _「썩은 감자의 눈」 전문

시인은 '썩은 감자'를 통해 상처와 생존의 본능을
은유적으로 형상화한다. 된장국을 끓이기 위해 꺼낸
감자 속, "호미에 찍힌 자리"에서 발견된 썩은 감자는
단순한 식재료가 아니라, 상처 입은 존재의 표상이다.
시인은 "유난히 상처 난 몸들은 왜 쉽사리 짓무를까"
라는 진술을 통해 외부의 충격과 내면의 연약함이 만
날 때 생겨나는 붕괴의 과정을 응시한다. 호미에 찍힌
자리는 곧 '보호받지 못한 자리'다. 그로 인해 썩음이

번져가는 과정은 고통의 기억이 치유되지 못하고 퍼져가는 인간의 심리적 상처와 닮아있다. 그러나 그 썩음은 단지 부패의 과정이 아니라, 상처가 남긴 '기억의 자리'이기도 하다. 한 번 베인 상처가 쉽게 아물지 않듯, 인간의 내면에도 도려낼 수 없는 흉터가 남는다. 시인은 감자의 '눈'을 통해 그 아픔이 여전히 살아있음을, 흰 진물처럼 스며 나오는 기억으로 표현한다.

한편 이 시는 이러한 상처를 통해 생존을 사유하는 과정을 보여주기도 한다. 혐오나 두려움은 생존 본능의 또 다른 얼굴이다. 썩은 감자를 본능적으로 피하려는 감각처럼, 인간의 마음도 고통의 경험을 기억함으로써 반복되려는 고통의 경험을 회피하려 한다. 그러나 그 기억이 지나치게 예민해질 때, 존재는 자신을 고립시킨다. "빙 돌려 도려낸 마음"은 그런 자기 보호의 행위이자, 동시에 생존을 위한 불가피한 선택이다. 시인은 상처가 완전히 지워질 수 없다는 사실을 인정하면서, 그 흔적이 삶을 이어가는 본능적 기억으로 남는다는 점을 드러낸다. 시인은 썩음과 상처의 이미지를 통해, 고통이 단순한 파괴가 아니라 생존의 조건이 되는 역설적이 인간 존재의 진실을 보여주려는 것이 아니었을까.

이 시들은 썩어가는 감자처럼 깊이 아물지 못한 상처를 안고, 파리지옥처럼 끊임없이 갈증과 욕망에 시달리는 자아를 담아낸다. '현관문 열자마자 앞다투어 굴러든다/구석으로 달려가 웅크린 채 떨고 있다/세상의 모든 바람을 다 견딘 척한다'는 「낙엽」의 문장은, 상처 입은 마음이 외부 세계의 냉혹함과 싸우면서도 꿋꿋이 버티려는 모습을 섬세하게 보여준다. 외톨이가 되어 낯선 시선과 무관심 속에 갇히면서도, '누군가 닫고 간 문 또 열리지 않는다/손잡이를 당길수록 손바닥만 붉어진다/밖에서 열어주기 전엔 꿈쩍도 않을 문'(「고장 난 문고리」)에서처럼, 그 내면은 조용히 현실과 맞서며 자신을 지키려 한다. 이들은 모두 고독과 자기방어, 그리고 상처 입은 마음이 서로 얽혀 형성된 존재의 의미를 깊이 있게 드러낸다.

3.

이제 시인은 기울어진 삶의 본질과 그 속에서 버텨내며 살아가는 인간의 모습을 깊이 성찰한다. 삶의 흔들림 속에서 정서적 균형을 유지하기 위해 내면에 장착하는 장치들을 구체적으로 드러내며, 그것이 때로는 '세신'처럼 매우 일상적이고 물리적인 행위로, 때로는 '고해성사' 같은 내밀한 고백의 행위로 표출되기도 한다.

새로 놓은 탁자가 덜컹덜컹 흔들린다
눈으로는 알 수 없는 기울어진 생의 깊이
종잇장 두툼하게 접어 기운 쪽을 괴어본다

모로 누워도 편할 수 있으리라 믿었던 바닥
탁자 위에 엎지른 물
낮은 쪽으로 흐른다

첫 마음 덜컥 꺼지면
이 깊이는 뭘 괴야할까

라일락꽃 만발하던 보랏빛 봄날일까
향기 없이 붉게 떠난 노을 같은 그대일까

기우뚱,
쉬 잡히지 않아
덜컹대는 소리 잦다

_「덜컹」 전문

    시인은 흔들리는 탁자를 통해, 겉으로는 평탄해 보이지만 실은 보이지 않게 기울어진 '삶의 바닥'을 비유적으로 드러낸다. "종잇장 두툼하게 접어 기운 쪽을 괴어"보는 행위는, 현실의 불균형을 마주한 이가 그것을 바로잡기 위해 고군분투하는 모습이다. 하지만 그 것은 임시방편일 뿐이며, 진짜 문제는 탁자가 아니라 탁자가 놓인 '자리'에 있다는 자각으로 이어진다. 이는 인간관계나 사회적 조건, 혹은 내면의 세계 자체가 처음부터 완전한 수평이 아니었음을 의미한다. 기울어짐은 피할 수 없는 존재의 조건이며, 우리는 그 위에서 늘 중심을 잡으려 애쓰며 살아간다. 삶이란 결국 '덜컹이는 탁자'처럼 잠시 괴어보아도 언제든 흔들릴 수밖에 없는 것임을 시인은 섬세하게 포착한다.

기울어짐은 곧 삶의 운동성을 보여주는 것이며, 덜컹거림은 생명력의 징후이다. 지구의 자전축이 23.5도 기울어져 돌고 있는 것처럼, 인간 존재도 완벽한 평형이 아닌 불균형 속에서 움직인다. 기울어졌기에 흘러가고, 흘러가기에 변화가 일어나며, 변화 속에서 생의 의미가 발생한다. "모로 누워도 편할 수 있으리라 믿었던 바닥"은 결국 기울어진 현실을 받아들이는 체념 섞인 자각이며, "낮은 쪽으로 흐르는 물"은 삶이 본래 가진 중력의 방향을 시각화한 이미지다. 종장 "기우뚱,/쉬 잡히지 않아/덜컹대는 소리 잦다"는 표현은 불완전한 존재의 흔들림을 담담하게 수용하는 자세이면서, 정지되지 않은 삶의 역동성을 은유한다. 이처럼 시인은 덜컹거림을 단순한 불안정이 아니라, 살아 있다는 징후, 변화와 운동의 시작으로 바라본다.

기울어짐을 숙명처럼 받아들이고, 그 속에서 방향을 잃지 않으려는 인간의 애씀이 바로 이 시의 핵심이다.

> 물살에 휩쓸리지 않기 위해 물을 싣는다
> 누구도 볼 수 없는 배 밑바닥 깊숙이
> 먼 항해 가라앉지 않게 지탱해 줄 적당의 무게
>
> 흔들려도 가게 하는 보이지 않는 물
> 사랑 슬픔, 그리움, 혹은 후회 같은
> 세상은 늘 출렁이고 나는 자주 기운다
>
> 오늘을 살아가는 균형을 잡아 줄
> 당신이란 이름을 가슴에 채운다
> 기우는 나를 지탱하는 내 안의 평형수
>
> _「평형수」전문

시의 제목이자 핵심인 '평형수'는 선박이 기울지 않도록 배 밑바닥에 싣는 물을 말한다. 시인은 이 기술적 개념을 삶의 비유로 전환하며, 우리 안에 가라앉은 감정들, 즉 사랑, 슬픔. 그리움, 후회 등을 일종의 '정서적 평형수'로 제시한다. 흥미로운 것은 이 감정들이 반드시 긍정적인 것만은 아니라는 점이다. 후회처럼 고통스러운 감정조차도, 적절한 무게로 자리할 때

인생의 균형을 잡아 주는 역할을 한다. 시인은 감정을 억누르거나 없애는 것이 아니라, 삶의 무게 중심으로 삼는 방식을 제안한다. 겉으로 드러나지 않지만 깊숙한 곳에서 우리를 지탱하는 감정의 '무게'는, 세상이라는 물살에 쉽게 휩쓸리지 않도록 돕는다.

시의 후반부로 가면서 시인은 그 정서적 평형수의 구체적 이름으로 '당신'을 불러낸다. '당신'은 단순한 타인이 아니라, 나를 흔들리지 않게 해주는 의미 있는 존재, 혹은 내 안의 기억과 신념을 상징한다. 시인은 "기우는 나를 지탱하는 내 안의 평형수"라며, 결국 이 평형은 외부의 존재를 내면화함으로써 얻어진다는 사실을 강조한다. 오늘을 버티고, 흔들리되 전복되지 않기 위해 우리는 모두 자신만의 '당신'을 가슴에 담고 살아가는 것이다. 시가 말하는 평형이란 흔들림 없는 평온이 아니라, 끊임없이 출렁이는 삶 속에서도 가라앉지 않는 기술, 흔들림 속의 중심 잡기다. 그래서 이 시는 단순한 감정의 고백이 아니라, 불안정한 세계 속에서 살아가는 존재들의 내면적 생존법에 대한 깊은 통찰이라고 할 수 있다.

바싹 마른 두 손이 내 몸을 빠르게 민다
겹겹이 가리고도 부끄럼 많은 나를
오래돼 찌든 기억마저 씻어줄 듯 힘을 준다

먼지 속을 뒹굴어야 때가 끼는 건 아니다

내 밖에서 묻혀온

내 안에서 밀어낸

때時의 때, 다 안다는 듯 구석구석 닦아낸다

지나간 순간이 아프게 남는다면

반질반질 빛나는 날은 며칠이나 지속될까

제대로 불리지 않은 걸까 한 자리가 쓰리다

_「세신」 전문

  시인은 '세신洗身'이라는 매우 일상적이고 물리적인 행위를 통해, 한 인간이 지나온 시간의 무게를 직면하는 순간을 그려낸다. "바싹 마른 두 손이 내 몸을 빠르게 민다"는 초장에서 드러나듯, 세신하는 행위는 단순히 몸을 닦는 행위가 아니라, 겹겹이 쌓인 과거의 흔적, 감정, 상처를 더듬고 밀어내는 행위다. 이때의 '때'는 단순한 노폐물이 아니라, 기억이면서 시간이다. "때時의 때"라는 중의적 표현은 그 자체로 시적 사유의 깊이를 더한다. 먼지 속을 뒹굴어야만 생기는 것이 아닌, "내 밖에서 묻혀온/내 안에서 밀어낸" 것들이리는 표현은, 어떤 때는 타인에 의해, 어떤 것은 자기 스스로 밀어낸 감정의 잔해라는 점을 암시한다. 세신은 단순히 몸을 씻는 행위가 아니라, 삶의 껍질을 벗기며 자신과 마주하는 고통스러운 통과의례인 셈이다.

시인은 세신의 과정을 통해 기억의 역설과 치유되지 않은 시간의 상흔을 담담히 드러낸다. 화자는 "지나간 순간이 아프게 남는다면/반질반질 빛나는 날은 며칠이나 지속될까" 의문을 던진다. 인간이 지나온 삶의 고통과 상처를 오래 붙들고 있는 방식에 대해 자조적으로 던지는 물음이다. 시인은 영광스럽고 빛나는 날보다 치욕과 아픔의 기억이 더 깊게 남고, 쉽게 씻겨지지 않는다는 사실을 세신의 물리적 감각을 통해 형상화한다. "제대로 불리지 않은 걸까 한 자리가 쓰리다"는 종장은, 여전히 정화淨化되지 않은 내면의 어떤 부위를 의미한다. 또한 그것이 단지 육체의 고통이 아닌 정서적 결핍 혹은 트라우마Trauma일 수 있음을 시사한다. 종교적으로 보자면 세신은 세례洗禮를 받는 것처럼 죄악(과오)을 씻어내는 행위로도 읽힐 수 있지만, 시인은 그것이 생각처럼 쉽게 이루어지지 않음을 역설한다. 고통스러운 기억을 지우기 위한 반복적인 세신 행위 속에서, 인간이 진정으로 닦아내고 싶은 것이 무엇인지, 그리고 그 닦임이 가능하기는 한 것인지에 대한 성찰로 이어가 보는 것이다.

똑같은 잘못을 저지르고 또 저지른다
울음 뒤에 붉게 번신 묵은 죄를 감춘다

그밖에 알지 못한 죄 뒤에

꼬리까지 숨겨둔다

용서 못 할 얼굴을 차곡차곡 쌓아두고

마음의 칼을 들어 이름들을 잘라낸다

내 잘못 고하는 눈물조차

나의 죄를 닮아간다

_ 「고해실에서」 전문

    반복되는 죄의 무게와 그로부터 파생되는 자책의
내면 풍경을 날카롭게 드러내는 시다. 시인은 "똑같은
잘못을 저지르고 또 저지른다"는 초장에서 순환하는
행위로서의 죄를 제시하고, 그 뒤에 따라붙는 이미지
를 통해 죄가 단순한 행위의 기록을 넘어 피부처럼 스
며드는 자국임을 보여준다. "울음 뒤에 붉게 번진 묵
은 죄"라든가 "나의 죄를 닮아간" 눈물이라는 표현은
죄와 회개의 경계가 흐려지는 심리적 상태, 눈물마저
자기 고백을 닮아버려 진정한 속죄나 치유로 이어지
지 않는 상황을 통증으로 전이시킨다. 또한 "용서 못
할 얼굴을 차곡차곡 쌓아두고/마음의 칼을 들어 이름
들을 잘라"내는 것은 자기 단죄와 고립의 메커니즘을
압축해 보여준다. 이름을 자르는 행위는 타인에 대한
단죄이자 자신을 자르는 폭력으로 읽힌다. 고해가 자

기 구원인지 자기 처벌인지 분명치 않은 모호한 윤리
적 지대를 남기고 있는 듯하다.

　이 시는 용서의 문제를 개인적 고백과 사회적 안전
장치의 양면에서 성찰한다. 시인은 용서를 단순한 소
거가 아닌 '다시는 똑같은 죄악을 저지르지 않겠다는
믿음의 증거'로 규정하면서도, 현실에서 용서가 때로
는 '보험'처럼 기능해 도덕적 해이를 부추기고 사회적
안녕을 흐트러뜨릴 위험이 있음을 경고하는 것처럼
보인다. 동시에 이 시는 용서와 회개 행위가 본래 갖
는 심리적 유인, 즉 죄책감에서 벗어나려는 자기방어
임을 예리하게 포착한다. 용서를 구하는 자와 용서를
베푸는 자 모두 자기 평안이나 미래의 면책을 고려할
수 있다. 이로써 시는 개인의 내면적 상흔(발현된 죄
와 닦아내려는 몸부림)과 공동체적 윤리(용서의 진정
성·책임성)의 긴장을 한편에 담아놓는다. 이 시는 형
식적으로는 짧은 행과 반복, 절제된 어휘가 죄의 무게
와 되풀이되는 심리적 비틀림을 리듬감 있게 환기한
다. 끝맺음 없이 남겨진 불편함 자체가 시의 질문, 즉
진정한 용서란 무엇인가, 죄는 어떻게 씻기는가를 독
자에게 계속해서 묻는 듯하다.

4.

상처 입은 자아가 자연, 특히 자작나무 숲을 매개로 위로와 치유를 모색하는 과정을 통해 강경화 시인의 시적 시향섬에 이른다. 이는 상처받은 자아의 무의식적 층위인 '그림자'와의 대화를 통해 내면의 고통과 마주하는 순간을 의미한다.

자작나무 숲 하늘에 노을이 번질 때
힘껏 달려 나무에 기대어 울고 싶다
저 빛이 몸에 스미면 찢긴 마음 아물 것 같다

내 상처를 데리고 그늘 깊이 걸어간다
겹겹이 선 나무들 속속들이 나를 닮았다
아무리 감추려 해도 눈에 띄는 상처들

그늘 속 얼룩무늬를 손끝으로 더듬는다
흰 몸의 검은 흉터, 아픔이 만져진다
붉은빛 혹여 깃들면 어떤 무늬로 드러날까

손 뻗어도 닿지 않는 머나먼 푸른 별
바람에 잎 흔들리자 어깨가 따라 떨린다
가슴에 잎 지는 소리 언덕처럼 수북하다

_「자작나무 속으로」 전문

저녁놀이 번지는 자작나무 숲은 일상으로부터 이탈한 내면의 피난처이자 감정을 온전히 드러낼 수 있는 공간이다. 화자는 찢긴 마음을 안고 나무에 기대어 울고 싶다는 충동을 통해 억눌린 슬픔을 고백하고, 자연과의 교감을 통해 그 고통이 아물기를 소망한다. 여기서 자작나무는 단순한 풍경을 넘어, 상처를 품고도 꿋꿋하게 자라나는 존재로, 곧 화자의 자화상이 된다. 나무에 새겨진 검은 얼룩은 흰 몸 위에 각인된 상처이며, 이는 곧 자신의 내면에 새겨진 고통을 시각화한 이미지다.

그러나 이 시에서 중요한 것은 상처를 감추기보다 그것을 드러내고 마주하는 방식에 있다. "그늘 속 얼룩무늬"를 "손끝으로 더듬"는 행위는 고통을 회피하지 않고 인식하고자 하는 태도이며, 이는 곧 치유의 출발점이 된다. 자작나무가 지닌 상징성, 즉 곧고 하얗게 자라나는 생명력, 정화와 영적 성숙의 이미지는 상처를 단순히 극복해야 할 부정적인 것으로 보지 않고, 성장을 위한 한 요소로 수용하는 태도와 맞닿아 있다. 마지막 수에서 바람에 흔들리는 잎과 함께 떨리는 화자의 어깨, 그리고 가슴에 수북이 쌓이는 낙엽 소리는 자연과 감정이 하나가 되는 순간으로, 마침내 고통이 정화로 이어질 수 있다는 가능성을 암시한다. 이 시는 상처를 통해 성숙해지는 존재의 내면 여정을,

정제된 자연 이미지로 깊이 있게 그려내며, 비로소 상처를 품고 상처와 동행하는 법을 알게 되는 과정으로 이어간다.

> 해질녘, 대로변
> 돌에 걸려 넘어졌다
>
> 길어진 그림자가 발을 잡는 것 같았다
>
> 무릎은 피를 흘렸지만
> 안 아픈 척 괜찮은 척
>
> 끙끙 앓다 잠든 잠
> 그림자가 속삭였다
>
> 난 앞서 걷지 않아
> 넘어지면 함께 넘어져
>
> 난 네가 일어섰을 때도 여전히 바닥이었어
>
> _「그림자」 전문

"해질녘, 대로변에서/돌에 걸려 넘어졌다"는 일상적 장면은, 육체적 고통보다 심리적 충격의 심연으로

독자를 이끈다. "길어진 그림자가 발을 잡는 것 같았다"는 화자의 느낌은 단순한 그림자가 아닌, 융(C.G. Jung)의 분석심리학에서 말하는 '그림자 셀프', 즉 억압된 감정, 부정된 자아의 상징을 떠올리게 한다. 시적 화자는 넘어진 뒤 "안 아픈 척, 괜찮은 척"하며 자신을 부인하고 외면하지만, 무의식은 꿈을 통해 끈질기게 말을 건넨다. "난 앞서 걷지 않아/넘어지면 함께 넘어져"라는 그림자의 속삭임은, 상처 입은 자아의 또 다른 자아가 결코 화자를 떠나지 않았음을, 고통의 순간에 함께 주저앉았음을 알려준다. 여기서 그림자는 나약함이 아니라 연대와 치유의 가능성을 품은 존재로 전환된다.

시의 핵심은 억압된 내면과의 화해, 바닥에서부터의 동행에 있다. 종장에 제시한 "난 네가 일어섰을 때도/여전히 바닥이었어"라는 고백은, 넘어졌던 자신이 회복되더라도 그 회복의 이면에는 여전히 상처 입은 자아가 존재하고 있음을 일깨운다. 이는 단순한 극복이 아닌, 상처와 함께 살아가는 방식에 대한 통찰이다. 융의 해석에 따르면, 그림자는 우리가 무시하거나 부정해 온 감정이며, 이를 인식하고 통합해야 진정한 자기(Self)에 도달할 수 있다. 이 시는 바로 그 '그림자와의 통합'이 일상의 넘어짐, 무릎의 피, "괜찮은 척" 꾸며낸 표정 속에서 시작된다고 말한다. 그림자는 "앞서 걷지 않고 함께 넘어지는” 존재다. 이는 우리 안의 연약한 자아가 결코 버려져야 할 대상이 아니라, 동행하고 품어야 할 또 다른 ‘나’임을 보여주는 따뜻하고도 단단한 메시지다.

자작나무 숲속 그늘에서 상처 입은 자아는 자신의 내면과 마주한다. “한쪽 발 푹 꺼지며 갈비뼈에 금이 갔다/몇 주먹 흙이면 메워질 구멍 하나”(「꺼진 길」)는 외형적으로 작아 보여도 한 생을 주저앉히는 깊은 상처다. 이처럼 겹겹이 선 나무들이 자신을 닮아있듯, 내면의 상처와 고통은 쉽게 감추어지지 않는다. 붉은 노을빛 아래서도 아물지 않는 그 상처를 손끝으로 더듬으며 마주할 때, 내면의 어둠과 고통은 비로소 이해되고 위로받을 가능성을 얻는다. 숲의 그늘과 그림자는 그렇게 상처 입은 자아의 무의식과 ‘그림자’가 교차하는 공간이 되어, 치유의 시작을 알린다.

강경화 시인의 시집은 단순히 고통을 토로하는 데 그치지 않는다. 상처는 지워지지 않지만, 그 자리를 들여다보고 자신의 목소리에 귀 기울이는 순간, 고통은 ‘멈춰있는 상처’에서 ‘움직이는 삶’으로 전환된다. 쓰라린 기억 위에 차곡차곡 쌓인 단단한 생각들, 되돌릴 수 없는 아픔을 끌어안고도 꺾이지 않는 일상의 움직임은 시인의 언어를 통해 조용히 흐른다. 그것은 삶의 본질에 대한 자각이자, 누구에게도 쉽게 드러내지 않았던 내면의 풍경을 담담히 밝혀내는 빛이다. 마치 달이 완전히 가려졌다가 다시 모습을 드러내듯, 강경화 시인의 시편들은 어둠 속에서도 꺼지지 않는 존재의 증거로 남는다.

다인숲시선 08

그늘 속 얼룩무늬

—

초판 1쇄 인쇄   2025년 11월 10일
초판 1쇄 발행   2025년 11월 15일

—

지은이   강경화
펴낸이   임성규
펴낸곳   다인숲

—

출판등록   2023년 3월 13일 제2023-000003호
주   소   62357 광주광역시 광산구 월곡산정로 20-49 101동 106호
전자우편   a-dream-book@naver.com

—

*책 가격은 뒤표지에 표시되어 있습니다.
*지은이와 협의에 의해 인지는 생략합니다.
*잘못된 책은 교환해 드립니다.

—

ISBN 979-11-994222-5-4   03810

이 책은 광주광역시 광주문화재단의 지역문화예술육성지원사업으로 지원받아 발간되었습니다.